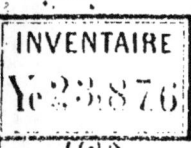

UNE FAUSSE

RÉSURRECTION LITTÉRAIRE

CLOTILDE DE SURVILLE

ET

ses nouveaux Apologistes

par Jules GUILLEMIN,

Secrétaire de la Société d'Histoire et d'Archéologie et Bibliothécaire-adjoint
de Chalon-sur-Saône.

CHALON-SUR-SAONE

IMPRIMERIE L. LANDA, RUES DE GLORIETTE ET DES ÉBRÈCHES.

1873

UNE FAUSSE

RÉSURRECTION LITTÉRAIRE

CLOTILDE DE SURVILLE

ET

ses nouveaux Apologistes

Rien n'est assurément plus digne du respect de la critique, qu'un homme attaché à la solution de quelque problème historique ou littéraire, et y apportant tout le zèle d'une ardente sincérité. Ces sortes de questions ont toujours, en outre, le privilége d'exciter l'intérêt et de piquer la curiosité; qu'il s'agisse de l'exil d'Ovide, du Masque de Fer, des Lettres de Junius ou de tout autre sujet analogue. Cette réflexion presque banale m'est suggérée par le travail de M. A. Macé, doyen de la Faculté des Lettres de Grenoble, publié d'abord dans la Revue de l'Instruction publique, puis édité à part, enrichi de pièces justificatives fort intéressantes.

Avec un talent réel et une constance louable, M. Macé a pris à tâche de jeter la lumière sur la personne et les œuvres de Clotilde de Surville. Aussi est-ce en protestant de ma respectueuse sympathie pour l'auteur, que je me vois contraint, au nom de la vérité préférable à Platon même, de combattre les arguments, de récuser les preuves et de rejeter les conclusions que M. Macé a réunis en faveur d'un gracieux fantôme.

J'avais besoin de cette précaution et de cette sorte d'excuse, avant de me poser en antagoniste courtois d'un savant digne de déférence à tous égards. Je sais, par expérience, de quelle passion on se prend pour un auteur qu'on a fait sien, et combien on souffre à voir ébranler ou renverser les idoles de son cœur ou de son esprit; mais il y a devoir de conscience et d'état à ne pas laisser circuler une erreur d'autant plus facile à s'accréditer, qu'elle a pour véhicules le savoir et l'honorabilité de celui qui, de bonne foi, s'en est fait le propagateur. Peut-être même aurais-je renoncé à mon projet si la thèse de M. Macé n'avait paru d'abord dans un journal estimable, s'adressant avec autorité à tout le personnel universitaire qu'il a mission d'éclairer, et que, sans le vouloir, il peut abuser en cette circonstance. Il est inutile de dire que je mettrai à cette réfutation toute la mesure et toute la convenance dont je voudrais qu'on usât envers moi. Chemin faisant, j'aurai à rompre, non sans fierté, quelques lances avec M. Jules Levallois, qui s'est fait pour ainsi dire le second de M. Macé, en adoptant plus d'une de ses conclusions [1].

1 M. Levallois, dont on connaît le talent vigoureux et la ferme dialectique, a publié, dans le *Correspondant* du 10 août 1872 (p. 339 à 364), un article sur ce sujet, intitulé: *Une Résurrection littéraire; Clotilde de Surville et ses éditeurs.*

L'exposé du problème est connu de tous nos lecteurs, aussi le rappellerai-je très-brièvement.

En 1803 parut un volume de vers intitulé : « *Poésies de Marguerite-Eléonore-Clotilde de Vallon-Chalys, dame de Surville, poète français du XVe siècle.* » Dès l'abord, on cria au pastiche manifeste, et depuis lors la question résolue en ce sens semblait dûment et définitivement enterrée, lorsque M. Macé l'exhuma pour lui donner une solution toute contraire et inattendue. Quelques critiques prétendaient que Vanderbourg, éditeur de ces poésies supposées, en était l'auteur ; le plus grand nombre, qu'elles étaient l'œuvre du marquis de Surville, mort en 1798. Posant le problème comme pour la première fois, il s'agit de savoir si Clotilde de Surville a vécu, et si elle a fait des poésies ; si les poésies produites sous son nom, dans le recueil de 1803, sont d'elle, ou du moins si elle en avait donné une première forme évidemment retouchée et remaniée. Enfin quel est l'auteur de ce remaniement ou de l'œuvre entière elle-même ?

M. Macé est convaincu que Clotilde de Surville a existé, et que ses œuvres, après avoir subi une première altération, au XVIIe siècle, par Jeanne de Vallon, une de ses descendantes, ont été rajeunies à la fin du XVIIIe, par le marquis de Surville et le marquis de Brazais.

Je veux établir que Clotilde de Surville et Jeanne de Vallon n'ont jamais existé que dans l'imagination du marquis de Surville, unique auteur du recueil publié par Vanderbourg. Il n'était pas rare de voir, avant la tenue régulière des registres de l'Etat civil, se dérouler devant les tribunaux, des procès de suppositions d'enfants ; ici le cas est tout nouveau, nous avons une supposition d'aïeule.

Je vais donc, opposant mes arguments aux arguments de M. Macé, discuter successivement l'authenticité de Clotilde, l'authenticité des poésies du XVe siècle, puis la vraie filiation de l'œuvre, et j'espère faire passer dans l'esprit de mes lecteurs la conviction dont le mien est pénétré.

I

L'histoire des mystifications littéraires fournirait la matière d'un long et piquant volume[1]. Les fables d'Esope sont supposées ; certaines odes d'Anacréon sont à peu près notoirement l'œuvre de Robert Estienne, Jules César Scaliger prit pour un fragment de comédie antique quelques vers de Muret, Boxhornius écrivit un commentaire sur un petit poème *de Lite*, qu'il attribuait à un ancien, et dont l'auteur était le chancelier Michel de l'Hospital. On peut lire dans l'*Histoire de la querelle des anciens et des modernes*, par H. Rigault (IIe partie, chap. III), la grande et

---

1 Ces lignes écrites, je vois sur un catalogue la réalisation de mon desideratum, sous ce titre : *Supercheries littéraires, pastiches, suppositions d'auteurs dans les lettres et dans les arts, par Octave Delepierre, Londres, 1872, petit in-4°* ; mais cet ouvrage est trop sommaire.

ardente discussion entre Boyle et Bentley, sur les Lettres (apocryphes) de Phalaris, etc.

Les plus célèbres pastiches de notre époque, sont ceux de Mac-Pherson et de Chatterton trop connus pour que j'y insiste. Nous en avons de plus rapprochés de nous encore. En 1826, Leopardi publia la traduction d'une ancienne chronique sacrée grecque ou copte (*Martyre des Saints Pères du mont Sinaï*), traduction censée faite par quelque bon italien contemporain de Boccace, de façon à tromper les connaisseurs [1].

De nos jours mêmes, plusieurs exemples pourraient être cités. Mérimée fut fort habile à ce jeu, et M. de la Villemarqué n'est pas à l'abri de tout soupçon de ce genre, pour la publication des *Barzas-Breis* [2].

Les arts aussi ont donné lieu à des tentatives analogues suivies quelquefois de réussite. On sait que Michel-Ange enterra puis exhuma une statue taillée par lui et qu'il fit passer pour un marbre antique. Enfin, on peut lire dans le n° d'août 1870 de la *Revue Britannique*, la vérité sur le fameux *Requiem* de Mozart. Ce chef-d'œuvre si admiré, aurait été, en définitive, composé par Süssmayer, un des

---

1 Sainte-Beuve: *Portraits contemporains*, III, 79, 80, Leopardi. — L'année même où parut le volume de Clotilde, Fabre d'Olivet avait publié chez le même éditeur Henrichs, deux volumes de pastiches, intitulés les *Troubadours, poésies Occitaniques* du XIIIe siècle.

2 Je ne veux rappeler qu'en glissant, les mystifications dont furent l'objet deux savants très-distingués, M. Lenormant et M. Chasles : ces faits sont dans toutes les mémoires.

élèves de Mozart, assez grand musicien pour imiter le style de son maître, assez habile pour contrefaire, à ce qu'on s'y trompât pendant trente ans, son écriture et sa notation.

Parmi ces créations supposées, celle des œuvres de Clotilde de Surville préoccupa vivement le public, et devait cependant peu le préoccuper. Je comprends qu'un pastiche réussisse dans une langue morte dont les plus savants de nos jours ne peuvent connaître à fond les nuances infinies, ou dans l'idiome encore hésitant et confus d'une langue à son berceau[1]; mais un pastiche du XVe siècle n'aurait pas dû abuser les connaisseurs, l'espace même d'un matin. Il est vrai qu'à l'époque ou parurent les poésies de Clotilde de Surville, le Moyen-Age et le XVe siècle, qu'on pourrait appeler l'aube de la Renaissance, étaient peu connus. Les romans de Madame Cottin semblaient brillants de couleur locale; on admirait de bonne foi *Partant pour la Syrie* et la *Sentinelle,* comme on admirait les troubadours de pendule et d'opéra comique[2].

1 Dans ce genre, nous avons des prodiges : M Littré n'a-t-il pas traduit le premier chant de l'*Iliade*, en vers, du XIIe siècle, et M. Guessard n'a-t-il pas fait la restitution du texte perdu de *Macaire*, sur une grossière traduction en patois italien ?

2 Les lettrés étaient alors eux-mêmes ignorants de nos origines et de notre renaissance littéraire. On a, pour s'en convaincre, le *Cours de Littérature de Laharpe* qui, consacrant plusieurs volumes au théâtre de Voltaire, ne donne que sept pages à la poésie française jusqu'à Marot, et avec une incompétence absolue. Il s'imagine que les fabliaux et les chansons sont nos premiers essais poétiques. Il se laisse prendre à une pièce que l'*Anthologie française* avait publiée comme œuvre de Thibaut de Champagne,

Las ! si j'avois pouvoir d'oublier
Sa beauté, son bien dire, etc.

Qu'en 1803, la critique ait donc hésité, bien qu'à peu près unanime dans son incrédulité, je le comprends ; mais, aujourd'hui, après les grands travaux philologiques, honneur de la France, des Littré, des Paris, des Meyer, des Brachet, etc., le doute n'est plus permis. Comme, cependant, j'ai affaire devant le public notre juge, à un excellent avocat, je suis obligé de discuter avec lui de point en point son argumentation en suivant l'ordre que j'ai indiqué plus haut.

M. Macé insiste à plusieurs reprises sur la destruction des titres généalogiques de M. de Surville, brûlés par ordre du Comité révolutionnaire de Viviers, en 1793, le feu qui les anéantit, ayant anéanti en même temps les preuves de l'existence de Clotilde.

Heureux accident qui permit au marquis de Surville, contre la règle du sage, d'avancer ce qu'il ne pouvait prouver ! Si Clotilde eut vécu, on trouverait son nom dans les Nobiliaires de province, dans les Nobiliaires généraux, dans les volumineux recueils généalogiques du P. Anselme, de la Chesnaye des Bois, etc.; mieux encore au Cabinet des Titres de la Bibliothèque nationale, où il n'est lignée du plus mince hobereau qui ne figure avec son dossier. A défaut de documents la concernant en propre, on y rencontrerait les noms de ses tenants et aboutissants, de son mari, de son fils, de ses alliés, et rien de tout cela, absolument rien [1].

1 C'est en vain que M. Levallois écrit, page 563 : « L'histoire nobiliaire

Pour être fixé sur l'existence de Clotilde et sur les preuves qu'en donne le marquis de Surville, on n'a qu'à lire la fantastique biographie qu'il en avait faite, et reproduite en partie dans la préface de l'édition de Vanderbourg. Nous égaierions trop le lecteur en lui montrant tout ce que cette biographie offre d'incohérences et d'inconséquences, et nous l'y renvoyons, en relevant seulement quelques traits plus que singuliers.

Voici les premiers mots de la biographie : « Marguerite-Eléonore-Clotilde de Vallon-Chalys, naquit vers 1405, etc. »

L'invention des noms est d'abord malheureuse. A cette époque, il était absolument hors d'usage de donner à une personne plusieurs noms de baptême, et je crois qu'on n'en citerait pas d'exemples au XVe siècle.

Les noms de ses père et mère, Louis-Alphonse-Ferdinand, et Pulchérie, sont aussi invraisemblablement choisis.

« A l'âge de onze ans, elle traduisit en vers une ode de Pétrarque, qui mérita l'approbation de la célèbre Christine de Pisan, *femme très-estimable par*

---

du Languedoc interrogée avec une nouvelle ardeur, fournira peut-être des renseignements inattendus sur les familles de Vallon et de Surville.

C'est en vain que M. G. Brunet, qui croyait presque à Clotilde, demandait dans le n° du 15 février 1866 de l'*Intermédiaire*, qu'on lui fournît des renseignements sur elle. Aucune réponse, et pour cause, ne fut faite à sa voix criant dans le désert. Voir toutefois ce que je dis là-dessus avec quelque rétractation à la fin de cette étude.

son érudition, quoique poète assez médiocre[1]. Elle s'écria, après cette lecture : « Je lui remets tous mes droits au sceptre de cet Hélicon! »

C'est ainsi que l'on parlait dans l'*Almanach des Muses,* mais non du temps de Charles VI, et c'est par le même anachronisme que l'inventeur de cette biographie écrit plus loi · « Marguerite d'Ecosse envoya à Clotilde une co   . .e laurier artificiel, surmontée de douze marguerites à boutons d'or et à feuilles d'argent, deux à deux, entrelacées avec cette devise, aussi flatteuse *que conforme au goût de l'époque :* MARGUERITE D'ECOSSE A MARGUERITE D'HÉLICON! »

A seize ou dix-sept ans, Clotilde fait un *Poème de la Nature,* sur lequel nous reviendrons pour en dire un mot, et à quatre-vingt-dix ans, elle écrit un *Chant royal* sur la bataille de Fornoue (1495), une des meilleures pièces du recueil, et animée, comme les premières, de la même flamme de jeunesse. Si pareil phénomène était vrai, il n'aurait pas son pareil dans l'histoire des lettres. Depuis Anacréon jusqu'à Voltaire, jamais poète n'eut de succès si précoces et si tardifs, et les roses de la vieillesse de Ninon de Lenclos n'ont fleuri sur aucun front poétique. Le madrigal de Saint-Aulaire, qui, à quatre-vingts ans, le fit entrer à l'Académie, est une exception, et ce n'était qu'un madrigal.

« Clotilde épousa, en 1421, Bérenger de Surville, guerrier aimable et vaillant qui fut armé par

[1] Vanderbourg n'avait sans doute jamais lu les poésies de Christine de Pisau, qui sont au contraire les meilleures de son temps.

Charles VII lui-même, et quitta bientôt sa jeune épouse pour aller guerroyer avec le roi. Il mourut peu de temps après, dans une expédition hasardeuse qu'il osa tenter pendant le siége d'Orléans [1]. »

Inutile de dire que nul auteur et aucun document ne parle de ce chevalier, non plus que de son fils, fils de Clotilde aussi, marié à Héloïse de Vergy, non plus que de leur petite fille Camille. Et pourtant, la généalogie de Vergy n'est pas à faire. Est-il nécessaire d'insister, de parler de cette sorte de cour poétique, de ce gynécée de Muses élevées par Clotilde, autour d'elle, vestales entretenant à l'envi, sous les yeux de la prêtresse, le feu sacré d'Apollon, Jeanne *Flore*, *Célinde*, *Millaflor* et *Céphyse* de Queensburn, et sa sœur *Camille ! ! !*

Que dire de toute cette succession de femmes poètes, presque toutes ignorées de leurs contemporains, dont l'auteur de la biographie trace l'histoire non interrompue (guirlande de fleurs du Parnasse), depuis Héloïse de *Fulbert*, jusqu'à Clotilde de Surville, d'après des notices censées écrites par cette dernière [2] ?

Après maint détail romanesque, la biographie se termine ainsi : « Clotilde fut inhumée à Vesseaux, dans la même tombe qui renfermait déjà les restes de son fils et de sa belle-fille. »

---

[1] Je résume les traits de la biographie, sans les citer textuellement.

[2] M. de Surville s'imaginait qu'Héloïse, nièce de Fulbert, devait porter le nom patronymique de son oncle, comme si au XII⁰ siècle il y avait eu des noms de famille. Bien plus, dans les citations qu'il fait des œuvres de ces *dames* poètes, l'alternance des rimes est aussi bien observée que dans les poésies de Clotilde. La main qui a écrit les unes a écrit les autres.

Or, M. Macé est obligé lui-même, dans sa bonne foi, d'écrire ce qui suit (p. 192) : « Quelques habitants du pays ont prétendu retrouver le tombeau de Bérenger de Surville, tombeau qui, suivant eux, serait placé devant l'église de la commune de Vesseaux, à 40 ou 45 kilomètres de Vallon, entre Vals et Privas. M. A. du Boys lui-même s'est rangé à cet avis, et a même transcrit la prétendue épitaphe de Bérenger de Surville (*Album du Vivarais*, notes p. 267). Cette épitaphe, où malgré toute la bonne volonté possible, je ne pouvais rien découvrir qui ressemblât de près ou de loin au nom de Bérenger de Surville, me semblait très-suspect, et sur ma demande, M. de Watré s'est adressé à un vénérable ecclésiastique, qui, dans une lettre que j'ai sous les yeux, a détruit tout cet échafaudage. »

Bref, l'inscription de Vessaux est tout à fait étrangère à Bérenger.

Mais, dit M. Macé (p. 194) : « C'est un excès de scepticisme que de douter de l'existence de Clotilde, puisque M. Peschaire-Florian, décédé en 1863, à plus de 80 ans, disait à M. E. Villard avoir entendu, dans sa jeunesse, une de ses vieilles tantes lui chanter des rondeaux et des ballades attribués, par elle, à une dame de Vallon, du nom de Clotilde de Surville... Ceci se passait bien avant qu'il fut question de la publication de Vanderbourg. »

M. Macé ne s'aperçoit pas que si le nom et les œuvres de Clotilde étaient connus au XVIII° siècle et perpétués par la tradition, il est inadmissible qu'aucun témoignage écrit n'en ait recueilli quelque chose ; ces *ballades et ces rondeaux chantés* paraissent d'ailleurs très-suspects.

M. de Surville prétendait avoir un portrait de son aïeule. Vanderbourg l'ayant demandé à M. de Surville jeune, celui-ci le lui envoya ; mais quelle déception ! Écoutez plutôt Vanderbourg lui-même. (Pièces justif. n° 15, p. 149).

« J'ai reçu hier par la diligence un portrait qui doit être celui de Clotilde. Vous voyez qu'il arrive trop tard ; mais fut-il arrivé plus tôt, je doute que nous en eussions fait usage. Lorsque Monsieur votre frère me l'annonça, il m'en parla comme de la copie faite il y a quelques années, d'un original devenu méconnaissable. Je ne sais si l'on m'a envoyé la copie ou l'original, mais je sais qu'on n'y reconnaît rien du génie et du caractère de Clotilde. *L'habillement, surtout la coiffure, sont comme on les portait il y a trente ans,* la tête a de la beauté, mais l'expression en est dure et point du tout spirituelle. Le portrait est mal peint, et comme aucune lettre ne l'accompagnait, j'aurais douté de ce qu'il devait être, si je n'y avais remarqué cette malheureuse lentille pour laquelle feu M. de Surville avait tant de goût..... »

Ce dernier trait prouve bien qu'il y a identité entre cette toile et celle que M. de Surville voulait faire passer pour un portrait du XVᵉ siècle ; on peut juger par là du degré de confiance que méritent ses autres assertions.

Arrivons maintenant aux manuscrits de Clotilde. Où son arrière-neveu les a-t-il trouvés ? Pourquoi ne les a-t-il pas communiqués aux juges compétents ? Comment aucun d'eux ne les a-t-il vus, et comment se sont-ils perdus ? Autant de questions qu'on se fait dès l'abord, et qui ne sont pas résolues.

M. Macé voit la preuve de l'existence de ces manuscrits dans un passage d'une lettre écrite par M. de Surville à sa femme, datée de la prison du Puy, au mois d'octobre 1798, la veille du jour où il fut exécuté. Villemain regardait cette lettre comme apocryphe. M. Macé en a vu l'original et la juge très-concluante, en raison de la terrible solennité de la circonstance et de la date[1]; mais je ne puis la trouver aussi décisive qu'il le prétend, et j'en fais juge le lecteur en lui soumettant le passage en question.

« Je ne peux te dire maintenant où j'ai laissé quelques *manuscrits de ma propre main, relatifs* aux œuvres immortelles de Clotilde que je voulais donner au public ; ils te seront remis quelques jours par des mains amies à qui je les ai spécialement recommandés. Je te prie d'en communiquer quelque chose à des gens de lettres capables de les apprécier et d'en faire d'après cela l'usage que te dictera ta sagesse. Fais en sorte que ces fruits de nos recherches ne soient pas totalement perdus pour la pos-

---

1 Chatterton mourut bien dans l'impénitence finale et ne voulut jamais avouer sa supercherie.

térité, surtout pour l'honneur de la famille, dont mon frère reste l'unique et dernier soutien. »

Il m'est impossible de trouver une affirmation dans ces lignes, malgré l'expression d'*œuvres immortelles*. On y remarque, au contraire, une certaine hésitation et une ambiguïté calculée pour laisser croire ce qu'on n'ose cependant affirmer nettement.

Le billet écrit par le marquis de Surville, à la même date suprême, à la chanoinesse de Polier qui, la première, dans le journal littéraire de Lausanne, avait publié quelques pièces de Clotilde, n'est pas plus péremptoire, et ne contient guère que quelques mots peu probants; les voici: « Mme de Surville possèdera bientôt les extraits de Clotilde, elle aura l'honneur de vous en faire part, elle mérite toute votre estime. »

Ce billet, du reste, M. Macé ne l'a pas vu, ni même Vanderbourg. Lorsqu'il alla voir Mme de Polier pour l'entretenir du projet qu'il avait de publier les œuvres de Clotilde, la défiante et peu fortunée chanoinesse, qui caressait elle-même ce projet, source probable du profit, le reçut moitié figue moitié raisin, et appuya son droit de priorité sur ce billet qu'elle ne montra point, en protestant qu'elle ne pouvait le retrouver.

On m'alléguera que si Mme de Polier avait fabriqué ou supposé ce billet, elle l'aurait fait plus explicite; mais elle ne pouvait à ce moment prévoir qu'un procès s'élèverait sur l'authenticité de Clotilde.

L'honnête et loyal Vanderbourg ne se cache pas

pour suspecter Mme de Polier (p. 129). « Il me paraît
fâcheux de soupçonner d'une telle fausseté une
ancienne chanoinesse de l'âge de Mme de Polier, *dans
cette incertitude*, etc. »

Plus loin : « Il faudrait que je sache que penser de
cette lettre de M. de Surville. » Plus loin encore
(p. 131) : « Je ne vous cacherai pas que j'avais, en
effet, conçu quelques soupçons sur cette dame. »
Et enfin, il s'écrie avec l'accent d'une conscience
troublée (p. 132) : « J'ai déjà eu l'honneur de vous
faire entendre que les admirateurs les plus enthou-
siastes des poésies de Clotilde de Surville ont des
doutes opiniâtres sur leur authenticité... Quelques
manuscrits de la main même de Clotilde nous se-
raient d'un grand secours. »

Or, ce grain de mil fait complètement défaut, *etiam
perière ruinæ !* [1]

Mais, dira-t-on après M. Macé, plusieurs per-
sonnes dignes de foi ont vu les manuscrits, et, dès
lors, il devient difficile d'en nier l'existence. En
philosophie, au chapitre de la Certitude, on enseigne
quelles doivent être les qualités des témoins pour
qu'on les croie. C'est de ne pouvoir s'être trompés
et de ne vouloir pas nous tromper, en un mot, de
n'inspirer aucun doute sur la valeur et la sincérité
de leurs témoignages. Je vais donc examiner s'il en
est ainsi de ceux qui sont produits en la cause.

[1] M. Levallois voit parfaitement le large défaut de la cuirasse (p. 355).
« Une question se pose qui n'est pas suffisamment éclaircie ou du moins
approfondie par M. Macé. Les manuscrits de Clotilde étaient-ils au château,
ou M. de Surville les avait-il emportés dans l'émigration ? »

J'écarterai d'abord Mme de Polier qui, intéressée à la supercherie dont elle espérait tirer profit, ne doit pas être mieux crue que le marquis de Surville; je ne ferai pas plus de cas de Charles Nodier, cent fois convaincu d'inexactitudes dans ses ouvrages, et qui, selon l'expression de Sainte-Beuve, était aussi entré dans ce jeu [1]. » Charles Nodier, d'ailleurs, ne dit pas avoir vu lui-même les manuscrits, mais il prend pour garant son honorable ami, M. Weiss, le bibliothécaire de Besançon, qu'on avait surnommé l'Atlas du monde biographique. J'aurais voulu avoir la parole de M. Weiss à ce sujet; honoré de quelques rapports avec lui, je regrette que l'occasion ne se soit pas présentée alors de l'interroger sur ce point.

Quant aux témoins qui ont pu se tromper, la liste en est longue, et il est nécessaire de passer leurs assertions au crible de la Critique.

1° M. Dupetit-Thouars, dans la *Bibliographie universelle*, article de Surville, dit avoir vu, en 1790, le manuscrit de Clotilde. Comment cela peut-il se concilier avec la conclusion implicite du même biographe, que les œuvres de Clotilde sont de fabrication moderne et n'ont rien d'authentique?

2° L'abbé de Surville, frère du poète, informe Vanderbourg « qu'il se rappelait parfaitement avoir vu son frère découvrir *de vieux papiers de famille*, dont, avec l'insouciance de son âge, il n'avait compris ni la valeur ni l'importance; mais que le marquis

---

1 On sait que Charles Nodier et M. de Roujoux publièrent un second volume des Poésies de Clotilde; j'en possède un exemplaire de 1827.

transcrivait, à l'aide d'un feudiste dont il a oublié le nom. »

Quoiqu'en puisse dire M. Macé, ce témoignage n'a pas de valeur et n'articule rien de positif. Je tiens l'abbé de Surville pour un très-honnête homme, mais pour un témoin des moins concluants. D'ailleurs ce feudiste, qu'il eut été précieux de retrouver, s'est évanoui comme le maître de poste dépositaire des manuscrits, et comme toutes les autres preuves morales ou matérielles.

3° M. de Fournas, officier, collègue du marquis de Surville, dit avoir vu entre ses mains un manuscrit dont les caractères étaient à peine lisibles, contenant des poésies que celui-ci *transcrivait* ou *traduisait,* et *que M. de Fournas croyait être du languedocien.* Ce détail donne une idée du fond que l'on peut faire sur cette déposition.

4° Il reste enfin M. de Brazais, que je pourrais bien récuser à priori, comme Mme de Polier et Charles Nodier, car, selon M. Macé, il n'aurait pas été étranger au travail de rajeunissement des vers de Clotilde. Discutons, toutefois; M. de Brazais écrit (p. 76): « Et moi, je le répète, je les ai vus, ces chefs-d'œuvre de génie et de flamme. J'ai vu même le portrait de l'immortelle Clotilde, et, surpris d'un frémissement involontaire, j'eusse défié les jeunes gens de ne pas s'éprendre d'amour au seul aspect des charmes enchanteurs et délicats de cette femme sensible et voluptueuse. »

Cette bizarre phraséologie qui semble une charge

2

du style de Rousseau, aurait sufti pour me mettre en garde contre cette affirmation catégorique. Mais j'ai donné plus haut l'opinion de Vanderbourg, sur ce portrait dérisoire, et si *les chefs-d'œuvre de génie et de flamme* qu'a vus le marquis de Brazais étaient de la même authenticité, on sait que penser non de la sincérité, mais de l'autorité de cette exclamation. On aura du reste une idée encore plus complète de la judiciaire de M. de Brazais, en lisant ces quelques lignes, écrites par lui à Mme de Surville: « Que j'étais loin de l'idée que votre charmante lettre me fait concevoir de votre esprit, de votre cœur, de votre physionomie même, *car, je le devine, vous avez sûrement quelques traits de Clotilde.* »

Le trait est galant, mais plus que naïf, car Mme de Surville n'était en aucune façon la descendante de Clotilde.

Reste, dans toute sa puissance devant ces déclarations suspectes, celle de M. Levialle de Masmorel, président du tribunal de Brives et ancien député de la Corrèze, qui affirma à Sainte-Beuve, dans une lettre, que son père, compagnon d'exil et ami intime du marquis de Surville, avait fini par arracher de celui-ci l'aveu qu'il était réellement l'auteur des Poésies publiées sous le nom de son aïeule[1]. »

J'ai terminé l'examen du premier point de cette étude, et je ne m'arrêterai pas sur la personnalité de Jeanne de Vallon, cette arrière petite-fille de Clotilde, qui au XVIIe siècle aurait corrigé ses œuvres, et y

---

[1] Je cite textuellement le texte de M. Macé, p. 36.

aurait ajouté une préface avec notes biographiques pour les publier. Une mort prématurée, causée par un cancer au sein, aurait empêché l'exécution de ce projet.

L'imagination était ingénieuse, et, une fois admise, faisait rejeter sur Jeanne de Vallon la responsabilité du rajeunissement de l'œuvre poétique ; mais suivant les termes mêmes de M. Levallois :

« Comme l'existence de Jeanne de Vallon ne nous est affirmée que par Surville, et qu'on ne sait au juste quelles retouches elle a pu faire, je la laisse volontiers de côté, la question est déjà bien assez délicate sans la compliquer à plaisir. »

Avant de clore l'argumentation de cet exposé, il me faut encore réfuter la dernière objection de M. Macé à cet égard. Pendant des siècles, dit-il, les œuvres poétiques de Charles d'Orléans ont été ignorées, et personne n'en soupçonnait l'existence, lorsque l'abbé Sallier les publia.

D'abord cette ignorance est bien suprenante, puisqu'il existe onze manuscrits des œuvres de Charles d'Orléans à Paris, à Grenoble, à Carpentras, et à Londres. De son vivant même, ce prince avait le renom d'aimer les lettres, et sa cour de Blois était peuplée de poètes et d'écrivains.

Dans un ouvrage que j'ai entrepris et presque terminé sur la vie et les œuvres d'Olivier de la Marche, je rappelle une sorte de tournoi poétique chez le comte de Nevers, auquel prirent part Charles d'Orléans, Chastellain, Olivier de la Marche et d'autres encore. Le sujet donné était l'*Observance d'amour*, et j'ai retrouvé quelques pièces de ces différents auteurs composées pour la circonstance. M. de Laborde, dans les *Ducs de Bourgogne*, cite plusieurs extraits des Comptes de Charles d'Orléans, qui attestent son goût pour les lettres et ses libéralités pour les lettrés. Enfin, M. Macé n'est pas autorisé à dire après Vanderbourg que, du vivant du fils de Valentine de Milan, on ne savait pas qu'il fit des Poésies ; nous avons pour garant du contraire une autorité irrécusable à leurs yeux, celle de Clotilde elle-même qui, dans sa pièce à *Apollon*, fait allusion à ce talent poétique.

Ta musette élégante et flourye
Consolerait ton ingrate patrie,
Pourraiz du moins la charmer par tes vers.

M. Macé allègue encore le cas du duc de Saint-Simon, que nul de son vivant ne sût être l'auteur de ces volumineux et étonnants mémoires qui rappellent à la fois Tacite, Commines et Tallemant des Réaux. Mais peut-on s'étonner qu'il ait pris le plus grand soin à dissimuler cette œuvre de démolition des grandeurs individuelles de son époque, par la crainte légitime d'attirer sur lui des vengeances et peut-être les foudres de l'Olympe de Versailles. La mine creusée avec une si téméraire audace ne devait manifestement éclater qu'après la mort du hardi pionnier.

M. Levallois rappelle enfin la polémique engagée avec quelques semblants de raison par Senecé, pour combattre l'authencité des Mémoires du Cardinal de Retz. Mais plus d'un auteur, pour ses plagiats ou ses inexactitudes involontaires ou calculés, aurait pu soulever des doutes analogues et aussi peu justifiés au fond. Le cas s'éloigne tellement, du reste, de celui de Clotilde de Surville, que nous ne devons pas y attacher autrement d'importance.

II

« Peut-être, dit M. Levallois (p. 564), la philologie comtemporaine, en étudiant, en approfondissant le texte de Clotilde, parviendra-t-elle à enlever les touches parasites ajoutées par Surville, et à faire reparaître dans leurs naïves beautés les formes de l'antique langage. »

Vraiment cette hypothèse a le droit d'étonner de de la part d'un esprit aussi éclairé que celui de M. Levallois. Je veux démontrer qu'il est impossible, en admettant pour un moment prouvée l'existence de Clotilde, qu'elle ait pu écrire les œuvres qu'on lui attribue.

Si l'on voulait faire prendre pour un tableau du quatorzième siècle, une toile peinte à l'huile et représentant des costumes et des ameublements du dix-septième, on n'aurait aucune peine à prouver l'âge plus récent de la composition. Ainsi, dans le sujet qui m'occupe, il est très facile de montrer que fond et forme tout est nouveau dans ce pastiche inexact.

Pour le fond, de toutes parts se dressent les objections les plus graves. Par le tour de mes études, j'ai été porté à lire avec soin les poètes contemporains de Clotilde, et il ne faut pas avoir vécu longtemps dans leur familiarité pour constater qu'elle ne rappelle aucun d'eux. La grâce polie de Charles d'Orléans tombe souvent dans la subtilité alambiquée; la verve gauloise de Villon dégénère en obscurité et en grossièreté. Si des maîtres nous passons aux *poetae minores,* Alain Chartier, Martial d'Auvergne, Molinet, etc., combien peu de beautés nous y trouvons et quel fatras ennuyeux et incohérent farci de pédantisme et de vulgarité. En somme l'œuvre poétique du quinzième siècle, comme celles de toutes les époques de transition, pèche surtout par le manque de naturel, de mesure et de netteté des conceptions. Il est impossible d'y trouver des pièces conçues, ordonnées et exécutées comme les *Verselets,* comme l'*Héroïde,* comme le *Chant Royal,* comme maintes ballades et maints rondeaux de Clotilde où se trouvent une certaine fleur de délicatesse, un certain éclat gracieux, certaines nuances de sentiments tout à fait inconnus de nos ancêtres du temps de Louis XI, galants et mêmes raffinés, mais grossiers encore et brutaux par bien des côtés.

Ce ne sont pas seulement les mots et les tours de la langue qui changent, ce sont les nuances d'idées qu'ils expriment. La simplicité ou la recherche du langage tiennent à une certaine forme de la civilisation, et les plus grands esprits d'une de ces époques (fut-elle littérairement supérieure aux autres), manquent pourtant de telle observation, de telle appréciation qui appartient historiquement à une autre époque.

L'exemple que nous avons sous les yeux justifie l'observation ci-dessus, empruntée à un grand écrivain. Il serait facile d'établir que la sensibilité, le patriotisme, l'esprit et la galanterie de Clotilde la rapprochent plus de Rousseau, de Dorat, de Lebrun et de Voltaire, que de Charles d'Orléans, de Villon et d'Alain Chartier.

Dès l'abord, on ne s'y trompa guère. Lors de la demande au ministre de l'intérieur, pour obtenir à Mᵐᵉ de Surville la propriété du volume, le rapporteur conclut fort bien « que les poésies étaient trop parfaites pour avoir été composées au XVᵉ siècle, et qu'elles étaient l'œuvre du marquis de Surville. »

Examinons sommairement quelques pièces donnant lieu à des objections capitales et pour la plupart déjà alléguées.

C'est d'abord la traduction d'odes de Sapho, dont les fragments étaient inconnus au XVᵉ siècle¹, puis ce poème sur *la Nature de l'univers* (poème composé à 17 ans !), où il est question de Lucrèce, dont la première édition ne parut qu'en 1473. Il y est également question du système de Ptolémée, exposé en 1543, et des satellites de Saturne, dont le premier fut découvert par Huyghens, en 1635, et le dernier par Herschell, en 1789.

---

1 On sait que les œuvres de Sapho ne nous sont pas parvenues. Denys d'Halycarnasse a conservé l'*Hymne à Vénus*, et Longin l'*Ode à une maîtresse*. Les œuvres de ce dernier furent imprimées à Bâle, en 1554, et Clotilde ne put en avoir connaissance. On objectera que Catulle avait traduit l'*Ode à une maîtresse*, mais il n'a été publié qu'en 1472.

Dans les *Trois plaids d'or*, ici c'est la traduction exacte d'un madrigal de Guarini cité par Ménage, sur deux beaux yeux clos par le sommeil. *Che farete aperti* dit le galant italien.

Que feriez donc s'estiez possible ouverts !

dit Clotilde. — Plus loin, dans la même pièce, se trouvent deux vers tout pareils aux deux vers qui terminent la traduction de l'*Amour mouillé*, par Lafontaine :

Mon arc est en bon état,
Mais ton cœur est bien malade.

Ces *Trois plaids d'or*, d'ailleurs, soulevèrent tout de suite un *tolle* général. La forme et la disposition métrique, le titre même en étaient absolument pris au conte des *Trois manières* de Voltaire. Le cas était si peu niable que M. Macé en est réduit à conjecturer que Voltaire a été le plagiaire de Clotilde dont il aurait connu les œuvres. Mais comment aurait-il été seul à les connaître, lui qui n'était rien moins qu'érudit ? Le marquis de Surville avait supposé pour le besoin de sa cause, une lettre de Voltaire à Desmahis, en 1751, où il parlait de Clotilde « comme du plus étonnant génie qui ait paru depuis *Orphée*. » Naturellement, cette lettre ne se retrouve pas dans la correspondance de Voltaire ; mais s'il l'eut écrite, il n'eut pas songé à mettre Orphée en cette affaire.

Dès l'abord aussi l'on constata que les *Verselets à mon premier né* ressemblaient, à s'y méprendre à une ballade de lady Bothwell, première femme de celui qui épousa Marie Stuart ; je ne parle pas du rapport que l'on a voulu voir entre les *Verselets* et une romance de Berquin. Dans le *Chatel d'Amour*, la chanson de Rosalyre est fond et forme la petite pièce des *Tu et des Vous* de Voltaire, et dans l'*Héroïde à son époux*, le couplet

Bellone au front d'airain,

était si évidemment inspiré par la Révolution et la chute de la Monarchie que Didot s'en effraya et n'osa pas continuer l'impression. Chaptal, ministre de l'intérieur, ne voulut rien prendre sur lui, et renvoya la question au premier Consul, près duquel Joséphine emporta l'affaire... Pense-t-on raisonnablement que des vers faits sous Charles VII eussent pu renfermer une si redoutable allusion [1].

J'arrive maintenant à l'objection tirée de la régularité constante de l'alternance des rimes masculines et féminines. « Ce dernier argument, dit M. Macé (p. 16), m'a toujours paru très-faible, attendu qu'il serait facile de trouver, dans les pièces du XVe siècle, *des exemples nombreux et presque continus* de l'application de cette règle. »

M. Macé cite en preuve une demi-douzaine d'exemples pris dans Villon, Charles d'Orléans et Martial d'Auvergne [2]. J'affirme, au contraire, que ces

1 Le fait est si palpable que, lors de la distribution des exemplaires donnés aux critiques, on favorisa surtout les journalistes républicains, auxquels, dit Vanderbourg, on voulut fermer la bouche pour qu'ils ne donnassent pas l'alarme au sujet de la trop célèbre allusion.

2 Vanderbourg cite même malheureusement la fausse chanson de Thibaut de Champagne, publiée par l'Anthologie française, et dont j'ai dit un mot plus haut.

exemples sont extrêmement rares, produits par le hasard, et que loin de constituer une règle, ils ne forment qu'une exception. Ronsard, cent ans après Clotilde, ne se conformait pas encore à cette prescription devenue rigoureuse depuis Malherbe seulement. Arguer des cas cités pour prouver que l'entrecroisement des rimes était observé du temps de Clotilde, c'est comme si un latin, ayant écrit un poème en vers spondaïques, un scoliaste eut soutenu qu'il n'y avait pas là innovation, parce qu'il se trouve çà et là des vers spondaïques dans Lucrèce, dans Catulle et dans Virgile.

Je ne m'arrête pas sur les élisions sans cesse respectées, et les hiatus toujours évités, et je dis : Il faut admettre que le marquis de Surville a remanié tous les vers pour en arriver à l'exactitude parfaite de forme et de rimes qui y règne. M. Edouard Fournier vient de faire ce travail sur le texte de la *Farce de Pathelin*, afin de le présenter aux spectateurs de la Comédie française en vers corrects et intelligibles. Il s'est donné une peine énorme et a changé bien des vers clairs et pittoresques, pour obéir surtout à la règle de l'encroisement.

Ce qui est plus difficile encore peut-être à justifier que la perfection de l'œuvre de Clotilde, c'est l'usage assez fréquent qui y est fait de l'alexandrin ; je crois que cette observation m'est personnelle. L'alexandrin, exceptionnellement employé dans quelques chansons de gestes du XIIIe siècle, était en pleine désuétude et avait disparu presque entièrement au XVe, pour ne refleurir qu'à la fin du XVIe. Il est donc à peu près impossible que Clotilde ait songé à se servir de ce moule métrique, dont elle n'eut pas trouvé autour d'elle d'exemple prochain.

Bien plus, Clotilde aurait complétement innové aussi, en entrelaçant le vers de douze syllables à celui de dix, comme elle l'a fait dans les *Verselets* et dans l'*Héroïde à Béranger*. C'est, à proprement parler, le rythme élégiaque de Callimaque et d'Ovide [1].

L'auteur des vers de Clotilde, remarquant qu'Ovide, l'inventeur présumé de l'Héroïde, s'était servi de l'hexamètre et du pentamètre, a voulu l'imiter pour la forme comme pour le fond, sans réfléchir toutefois que pas un poète français, avant ou pendant le XVe siècle, n'avait adopté cette alliance de vers. André Chénier, dans ses Iambes, est, si je ne m'abuse, le premier qui ait marié avec bonheur le vers de douze syllabes à celui de huit, rhytme qui devait avoir un éclat si puissant dans les Iambes de Barbier.

Il reste une démonstration invincible gardée pour la dernière. Je vais prendre le texte de Clotilde et montrer que tout y est de fabrication moderne. On m'accordera bien que les tours de phrases et les mots nouveaux n'ont pu avoir été trouvés par Clotilde. Quand j'aurai établi que sur dix mots anciens ou surannés, neuf sont mal employés, forgés,

[1] Venit odoratos Elegeia nexa capillos
Et puto, pes illi longior alter erat
Ovid. Am. Livre III, Elég. 1.

ou introuvables dans les vieux auteurs, on devra reconnaître que de l'alpha à l'oméga, tout a été créé par l'esprit et la main d'un moderne.

Philippe de Ségur, dans la *Bibliothèque française*, prouvait que les vers de Clotilde étaient modernes en revêtant d'un costume archaïque quelques pièces de vers de Bernis. Essayant un procédé inverse, si l'on ramène les vers de Clotilde à l'orthographe moderne, en changeant à peine un ou deux mots ils ne ressemblent plus du tout à des vers du XVe siècle.

Prenons, par exemple, l'*Héroïde à Béranger*.

> Bellone au front d'airain ravage nos provinces
>   France est en proie aux dents des léopards,
> Banni par ses sujets, le plus noble des princes
>   Erre proscrit en ses propres remparts.
> De châteaux en châteaux, et de villes en villes,
>   Contraint de fuir lieux où devait régner,
> Pendant qu'hommes, félons, clercs et tourbes serviles, etc.
>
> . . . .
>
> Je te le dis, ami, déja j'entrevois l'heure
>   Où triomphant de si noirs attentats,
> Charles de ses aïeux va purger la demeure
>   Et libérer ses coupables États.
> L'Eternel d'un regard brise enfin mille obstacles,
>   Des cieux ouverts veille encor sur nos lys,
> Eut-il au monde entier dénié des miracles
>   Il en devrait au trône de Clovis. (1)

On sent que je n'abuserai pas de ce procédé; je

---

1 On comprend facilement que Didot ait appréhendé d'imprimer ces vers, et comment ne pas voir l'allusion la plus complète à la Révolution dans ces traits :

> Mieulx ne vauldrait, hélas, repos que tant de larmes,
> Et roy si preulx que cent lasches tyrans,

citerai seulement encore deux triolets fort jolis et qui font honneur au marquis de Surville.

> Du jour qu'ai vu mon roi partir,
> Voile des nuits couvre le monde,
> Aile du temps crois s'alentir
> Du jour qu'ai vu mon roi partir
> Ne peux rester, ne peux sortir,
> Qu'autour de moi tout ne réponde :
> Depuis qu'ai vu mon roi partir,
> Voile des nuits couvre le monde.

> Les fleurs éclosent sous ses pas,
> Parfum de rose est sur sa bouche,
> Tout s'embellit de ses appas,
> Les fleurs éclosent sous ses pas ;
> Est-il des grâces qu'il n'ait pas
> Ou qu'il ne prête à ce qu'il touche.
> Les fleurs éclosent sous ses pas
> Parfum de rose est sur sa bouche.

Que l'on essaie semblable expérience sur des pièces les meilleures du XVe siècle, et l'on verra si la chose est facile.

J'arrive à l'examen des mots anciens que l'on trouve dans le volume publié par Vanderbourg. Il faut bien admettre, comme je l'ai déjà dit, que ces mots-là ont été respectés par le *remanieur*. Or voici des barbarismes : *Soubrier* sourire, *arrier*, rire, *adirer* aller vers, *tramettre*, transmettre, *carter*, écarter, etc.

Voici des mots maladroitement tirés du latin, *mamme*, mamelle, *cerner*, voir, *partir*, partager, *adurer*, brûler, *implume*, sans plume, *évigiler*, éveiller, *aveller*, arracher, *gélide*, glacé, *viriler*, fortifier, etc.

Voici des mots absolument inventés, et qu'on

chercherait vainement ailleurs : *atail*, ainsi que, *piois*, gazouillement, *frémollir*, trembler, *ocondrois*, ensuite, *juraison* et *jourelle*, jeunesse, *mireux*, admirable, etc.

Des diminutifs fort suspects, *brasselet*, petit bras; *escherelet*, petit echeveau ; *vainquerot*, petit vainqueur, etc.

Ici, ce sont des verbes rendus improprement actifs, ou réciproquement, *jongler du milan*, jouer le milan; *chaloir une armure, se douloir, se duire à quelque chose*, etc.

Là, ce sont des épithètes et des mots composés à la Ronsard : *carmes puellins*, rimes féminines; *aiguillon aretin*, aiguillon d'abeille; *le pourceau glandivor*, etc. On en arrive même à croire entendre l'escholier limosin dont Rabelais se gausse si fort, quand on lit ce vers :

Collige Lygdamon, mes postrêmes soupirs !

Mieux encore, quand on tombe sur ceux-ci :

Plus n'inspira tremeur sœil de l'atre caverne
Où Cyclops Ulyssins dévora palpitants :

C'est dire en français : Plus n'inspira de terreur le seuil de la noire caverne où le Cyclope dévora les compagnons d'Ulysse.

Il arrive même que le *remanieur* se trompe au sens des mots. Dans l'*Epitre à Marguerite d'Ecosse*, on voit :

Quand Tereos, ce profane voleur

Voleur est pris ici pour larron, tandis qu'au

XVe siècle, il signifiait seulement chasseur au vol. Charles-le-Téméraire était, dit Olivier de la Marche, bon chasseur et bon voleur [1].

Faut-il noter que les noms des personnages du *Chastel d'Amour* et des *Trois plaids d'or* sont des noms pris à d'Urfé et à Scudéry, *Rôsalyre, Corydon, Colamor, Chloé, Zulinde, Lygdamon,* etc.

En prenant le premier quatrain des *Verselets*, la meilleure pièce du recueil, il ne donne pas lieu à moins de cinq critiques. Que l'on juge, du reste !

> O cher enfantelet, vray pourtraict de ton père,
> Dors sur le seyn que ta bouche a pressé ;
> Dors, petiot, clos amy, sur le seyn de ta mère,
> Tien doulx œillet par le somme oppressé.

Enfantelet est inventé, on ne trouve que enfançon. Le second vers est tout moderne : *petiot* est patois et non roman. *Tien* ne s'est jamais dit pour ton, non plus qu'*œillet*, dont on ne saurait citer des exemples, quoique en latin, Catulle ait dit *ocellus,* et Théodore de Bèze *ocellulus.*

En somme, rétablissez l'orthographe actuelle de l'œuvre de Clotilde, éliminez-en les mots surannés, et vous aurez tout à fait ce marotique cher au Directoire et à l'Empire, et dont le plus grand artifice était de supprimer les pronoms et d'employer des élisions élémentaires. *Quod demonstrandum.*

---

[1] J'aurais pu multiplier ces exemples, mais je crains d'avoir déjà fatigué le lecteur. Et qu'il ne croie pas que les vieux mots soient très-fréquents dans l'œuvre. Parmi les 64 vers des *Verselets*, je n'en trouve que vingt, en comptant même des mots qui ne sont pas absolument tombés en désuétude, comme *prou, duire* et *ouïr.*

III

J'espère avoir suffisamment prouvé que Clotilde de Surville n'a jamais existé, et qu'eut-elle existé, elle n'aurait pu écrire les vers donnés sous son nom. Il me reste à faire voir que le seul auteur de ce pastiche, à part une très-minime et très-insignifiante collaboration de M. de Brazais, ne peut-être que le marquis de Surville, puisque M. Macé a péremptoirement démontré que Vanderbourg, contrairement à ce qu'on avait d'abord supposé, n'y était absolument pour rien.

Il est certain que M. de Surville donna, dans le principe, quelques pièces, sous le nom de Clotilde, à Mme de Polier, pour le *Journal littéraire* de Lausanne. Le badinage ayant réussi, il y prit goût et récidiva ; puis, comme on l'a dit, l'appétit lui venant en mangeant, il résolut d'imaginer une œuvre complète et d'appuyer son échafaudage sur un ensemble de preuves qu'il fallait aussi construire de toutes pièces. Mais pour ne pas échouer, il était besoin d'autrement de savoir, de goût et de logique qu'il n'y en avait dans ce cerveau *sulfureux*, pour me servir du mot de M. de Brazais. De même que ceux qui veulent, en justice (qu'on me passe la comparaison), inventer un alibi pour se justifier, croient leur système invincible, et en somme, ne s'avisant jamais de tout, sont bientôt pris dans leurs propres panneaux ; de même M. de Surville, à force de trop vouloir prouver, laissa facilement percer à jour son ingénieux mais fragile édifice.

Ici, je ne veux pas m'en fier seulement à mon jugement, et je ne ferai que citer Vanderbourg, qui, cependant, avait pour cette œuvre des entrailles de père adoptif. Les deux lettres rapportées par M. Macé (p. 133 et 134), suffisent à la démonstration, et je vais les analyser.

« J'ai trouvé les trois volumes manuscrits, écrit Vanderbourg à Mme de Surville, et je vous avouerai que ce que j'ai vu ne sert qu'à redoubler mes doutes. Il est bien singulier que le poème le plus considérable de la collection soit les *Trois plaids d'or*, dans un volume, et soit devenu les *Cinq plaids d'or*, dans un autre plus récent. Comment M. de Surville n'a-t-il pas au moins conservé le manuscrit de Jeanne de Vallon, si les originaux de Clotilde même n'existaient plus ? J'aurais mille autres questions à vous faire, auxquelles vous ne seriez pas plus en état de répondre que moi, et qui, *toutes, révoquent en doute, d'une façon presque irréfutable, l'authenticité des manuscrits* (p. 133). »

La lettre qui suit est encore plus écrasante :

« Le *Chatel d'amour* est évidemment d'une main moderne, et en le publiant, on rendrait suspects la romance et les triolets que l'on dit tirés du Chatel d'amour. »

Quant au second cahier, Vanderbourg voudrait ne pas l'avoir vu... Il n'est propre qu'à détruire l'illusion des œuvres de Clotilde... La préface de Jeanne de

3

Vallon n'est pas la même dans les deux volumes, et comme Jeanne de Vallon, depuis sa mort n'a pu faire aucune découverte, une telle différence répand les doutes les plus fondés sur sa préface, sur son existence, et par conséquent sur celle de Clotilde... Les témoignages amassés en faveur de son aïeule prouvent plutôt contre que pour (suivent des critiques très-judicieuses contre les auteurs allégués en preuves : Jovien Pontanus, Olympia Morata, etc.)... La Clotilde de 1794 est considérablement augmentée en 1796. On ne l'avait d'abord présentée que comme poète, la voilà historien, romancier, philosophe [1]...

Quel intérêt un autre que le marquis de Surville aurait-il eu à se donner toute cette peine pour abuser le public ? *Cui prodest*, l'axiome de droit trouve ici son application, et l'*accusé* a travaillé uniquement *pro domo suâ*.

M. Macé nous dit bien avec pièces à l'appui : Le marquis de Surville, auteur de vers plus que médiocres du XVIIIᵉ siècle, n'en a pu composer de bons du XVᵉ, et M. Levallois (p. 553-54), développant cette idée, expose l'objection suivante :

« Il faudrait pour expliquer l'inégalité prodigieuse

[1] On lit, en effet, dans le volume complémentaire des œuvres de Clotilde, donné par Charles Nodier (p. 201) : « Le nombre des ouvrages de Clotilde, dont les titres nous sont connus, est plus grand qu'on ne peut l'imaginer. Ceux que M. de Surville avait destinés à l'impression eussent complété *huit volumes in-8° de 700 à 800 pages chacun.* Indépendamment des poèmes, des poésies légères, des nouvelles, des *drames*, des contes, on y eut trouvé deux plaidoyers éloquents, l'un en faveur de Jacques Cœur..., une théorie des couleurs, une histoire de l'Atlantide en douze livres, une histoire complète de la poésie française, des mémoires, etc. Un ouvrage auquel *Clotilde avait travaillé quarante ans* manquait seul à cette curieuse collection. On présume que c'était un poème consacré à Jeanne d'Arc !!! »

de Surville, lui attribuer une singulière faculté de dédoublement. Dès qu'il touche à Clotilde, il a du talent; dès qu'il s'en éloigne, il n'en a plus. Le talent n'est pas un vêtement que l'on puisse prendre et quitter, au gré de la tâche que l'on entreprend et du but que l'on se propose. »

Je n'admets pas, et pour cause, que tout soit bon dans le recueil de Clotilde, il s'en faut de beaucoup[1]; puis l'anomalie signalée par M. Levallois n'est pas si impossible ni même si rare qu'il le suppose. Nous en avons près de nous un exemple frappant. Lamonnoye, qui n'a fait en français que des vers prosaïques et méritant l'oubli, a écrit en patois bourguignon ces petits chefs-d'œuvre de malice et de bonne humeur qu'on appelle les *Noëi*. Ménage, versificateur de sixième ordre, a composé des pièces fort ingénieuses en langues étrangères. Jasmin, si fin et si délicat dans son langage gascon, devient plat en maniant le vers français, et je suis persuadé que le grand poète Mistral perdrait, à quitter son bel et sonore idiome provençal, les trois quarts de sa grâce et de son éclat.

Il existe de plus une raison qui explique en partie ces deux points d'apparence inconciliables. Nous sommes moins compétents pour apprécier complétement et en toute connaissance de cause, des idiomes étrangers, ou tombés en désuétude, que notre propre

---

1 Il est arrivé à Surville ce que l'on peut constater chez beaucoup d'écrivains d'un mérite très secondaire : il a réussi à trouver, dans trois ou quatre pièces, une note à peu près juste de naïveté, d'élévation et de sensibilité; dans la plus grande partie, il s'est complètement fourvoyé.

langue. Les beautés nous y frappent davantage, et les défauts y sont moins apparents. Nous sommes plus vivement impressionnés du ton, de la saveur, de l'ingéniosité exotiques ou archaïques, et moins sensibles aux incorrections et aux inexactitudes souvent insaisissables. De là, une facilité relativement assez grande aux faiseurs de pastiches, d'en imposer même aux connaisseurs.

M. Macé (p. 57), voit une preuve très forte contre l'invention exclusive du marquis de Surville, dans l'épitre qu'il adresse, sous le nom de Clotilde, à Catherine II. « C'était le cas ou jamais, dit-il, de faire un pastiche, et de prêter à Clotilde, que l'on fait parler, le langage du XVe siècle. »

Il semble très logique au contraire qu'une semblable maladresse eût dévoilé entièrement la supercherie, en en montrant le procédé.

M. Macé admet enfin comme argument décisif de sa thèse, que M. de Surville n'a pu composer le recueil, n'étant qu'un poëte très-médiocre. A l'appui de son dire, il cite quatre ou cinq fragments de pièces de vers de M. de Surville, et je dois avouer qu'ils donnent une pauvre idée de son talent poétique. Mais d'une part, M. Macé a dû choisir ce que le marquis de Surville avait de plus faible, et d'autre part, s'il le juge inapte au pastiche, je n'admets pas d'avantage que M. de Brazais ait pu en être coupable. En effet, si le premier offre des images incohérentes et prosaïquement emphathiques, le second ne lui est pas supérieur, et choque peut-être

encore plus, par sa prétention de mauvais goût et
son style aux couleurs fausses et criardes. M. Macé,
en le citant, a dû prendre au contraire la fleur du
panier, et le critique le moins sévère a beaucoup à
reprendre dans ces morceaux de peu d'étendue. Il
s'agit de fragments d'un poême sur les *Saisons*. Les
lecteurs pourront en juger.

PREMIER FRAGMENT

Sa lumière obscure et vaporeuse
Irradiant encor le pin mobile et noir.....
Les grands troupeaux de bœufs....
D'un pas *lent et tardif* regagnent les villages...
Et des jeunes bergers les *folâtres* pipeaux...
Quand des plus beaux reflets la nature *gazée,*
S'exhale en doux parfums, distille la rosée...
Quand le coucou frappant l'écho lointain des monts,
D'un chant mâle et sonore *applaudit les vallons...*
Quand les longs bêlements *retournent* au village.

II

De l'oblique plaideur que l'oreille *profane*
Se colle aux bancs criards où hurle la chicane...
Si d'écuelles de bois sa cabane est *meublée,*
Si jamais des Bourbons l'écharpe *dérouillée (?)*
Sous les riches éclairs d'un nœud de diamants,
N'a, *d'un sillon d'azur,* coupé ses vêtements.

III

(Le râle), dans l'herbage ondoyant hâtant ses pieds *marins...*
Enfin l'enfant des joncs (c'est toujours le râle).
Soudain le plomb suit l'œil qui lui *dicte la mort !*

IV

(L'hiver) bat nos toits qu'il brise avec fracas,
Et des neiges qu'il *crache,* on voit blanchir Atlas, etc.

Dans les soixante-quatre vers qui composent les
deux premiers fragments, je n'ai pas compté moins

de cinquante-huit épithètes, et que de lieux communs ! Quelques beautés éparses sont loin de racheter les nombreux défauts qui entachent ces pièces triées sur le volet [1].

Je suis donc aussi bien fondé à récuser le talent poétique de M. de Brazais, que M. Macé celui de M. de Surville. Si les vers du second sont du mauvais Pezay, ceux du premier sont du mauvais Roucher, et les uns et les autres n'auraient guère eu de faveur que dans les *Etrennes du Parnasse*.

J'ai terminé ce minutieux et trop long examen, et pour agir en toute franchise et toute spontanéité d'appréciations, je n'ai voulu lire aucun travail précédent sur le même sujet. Les nombreux articles consacrés au recueil de Clotilde, à son apparition, les notices de Villemain, de Sainte-Beuve, je ne les ai pas consultés davantage; j'ai pris les pièces du procès, telles que les a livrées M. Macé, et je les ai scrupuleusement étudiées, après avoir attentivement lu le recueil lui-même. Je n'hésite pas à conclure que le marquis de Surville est le seul auteur responsable des œuvres de sa prétendue aïeule qui n'a jamais existé.

M. Macé écrit à la page 5 : « Lorsque je donnai à cette question et à ce problème une solution toute nouvelle, je reçus de vive voix et par écrit de nombreuses et précieuses félicitations de la part de

---

[1] C'est donc un peu à la légère que M. Levallois a écrit (p. 546) : « quant au marquis de Brazais, il avait comme poète, et même comme critique littéraire, un réel mérite. »

membres de l'Institut, d'éminents critiques et de professeurs distingués. »

Je ne doute nullement de ce fait. Il est certain que M. Macé mérite tous les éloges et toutes les félicitations sur la manière dont il a ordonné et exposé son sujet, sur son style net, clair et rapide, sur la lumière dont il a entouré les nombreux personnages mis en scène par lui et dont plusieurs étaient presque inconnus. On a dû louer surtout ce qui a rapport à Vanderbourg. A son égard, tout soupçon de paternité s'évanouit, et l'on voit, comme le dit fort bien M. Levallois : « Qu'il ne fut qu'un éditeur éclairé, consciencieux, dévoué, parfaitement honorable. » Mais quant au fond, je voudrais savoir les noms des savants qui ont approuvé les conclusions de la thèse de M. Macé. Quoique ma conviction soit absolue à ce sujet, je déclare d'avance que si pour la question historique, comme pour les questions philologiques et littéraires, M. Macé peut faire endosser ses opinions par MM. Paris, Meyer, Delisle et Quicherat, ou autres savants de cette compétence ; je m'incline humblement et je quitte la partie, comme un dissident condamné par un concile.

M. Levallois (p. 564) parle, en finissant, « des mains pieuses qui élèveront la statue de Clotilde. »

Cette statue a été élevée en 1803 par Vanderbourg ; mais elle était de neige, et elle a fondu aux rayons de la critique.

Chalon-sur-Saône, décembre 1872.

J'ajouterai seulement à cette étude quelques pages de post-scriptum. Chaque chose doit venir à son temps, et je regrette qu'un retard involontaire ait ajourné la publication de ces pages opportunes il y a six mois, et *désheurées* aujourd'hui.

Dès la fin de décembre 1872, je les envoyai au *Correspondant*, où je dus espérer qu'elles paraîtraient grâce à un obligeant intermédiaire. Sur l'avis de M. de Carné, il fut décidé qu'il semblait peu séant de donner, dans la même Revue et à courte distance, la thèse et l'antithèse, la conclusion de M. Levallois et la conclusion contraire de M. Jules Guillemin. Tout scrupule délicat est respectable, et je compris celui-là.

Je donne la lettre que M. Douhaire, secrétaire de la rédaction du *Correspondant*, a eu la bonté de m'écrire à ce sujet, après m'avoir informé de vive voix de l'avis du Comité.

Paris, 25 juin 1873.

MONSIEUR,

Je vous renvoie aujourd'hui, avec mille excuses pour ne l'avoir pas fait plus tôt, le travail que vous aviez bien voulu nous offrir sur le problème historique de Clotilde de Surville.

J'ai eu tout naturellement l'occasion de remettre cette question sur le tapis au Comité de rédaction, car depuis la vôtre il nous est arrivé deux autres réfutations de l'article de M. Jules Levallois. (*) Dans ces circonstances et en face de cette polémique, le Comité a persévéré dans sa résolution de ne pas ouvrir sur un point d'intérêt secondaire pour lui une discussion contradictoire ; mais il a demandé à M. Jules Levallois de répondre aux attaques dont son système est l'objet, — ce que M. Levallois a promis avec empressement. — Je lui ai communiqué, avec l'autorisation des auteurs, qui sont d'ici, les objections de ses nouveaux contradicteurs. Je vous aurais demandé de me permettre d'en faire autant de votre réfutation si vous ne me l'aviez redemandée. M. Levallois, à qui je l'ai montrée un instant ce matin, et qui a paru y attacher de l'importance me charge de vous prier de lui envoyer un exemplaire du recueil où vous comptez la publier, me promettant d'en parler dans la réponse qu'il prépare.

Veuillez agréer, Monsieur, etc.

P. DOUHAIRE.

Je donne également une lettre de M. Macé.

En le remerciant de l'envoi de son livre, et en lui exprimant l'éloge sincère que m'inspiraient les excellentes parties qu'il renferme, je lui demandai la permission de lui soumettre publiquement et respectueusement l'examen que je ferais de son œuvre, et d'opposer mes conclusions à ses conclusions, que j'avais regret de ne point partager.

Au ton de sa lettre, on verra que M. Macé a été un peu piqué, piqûre à fleur de peau, bien connue de

(*) Je n'en connais ni les auteurs ni la teneur.

tous les écrivains. Il me rendra, du moins, la justice
de reconnaître que j'ai observé toutes les bien-
séances à son égard. Je serais désolé d'y avoir
manqué.

Grenoble, 8 avril 1872.

MONSIEUR,

J'avoue ne pouvoir pas parvenir à faire concorder l'une avec
l'autre les deux parties de votre lettre. Dans la première vous
paraissez convaincu par l'abondance de mes preuves et la
logique de mes déductions; (*) je ne parle pas des éloges sur
le talent et le mérite de l'exposition, ce qui à mes yeux, sans
être à dédaigner, est tout à fait secondaire dans des travaux de
ce genre, qui sont bien plus œuvre de science qu'œuvre d'art;
puis, tout à coup, dans la seconde, vous concluez contre ma
conclusion. C'est là ce qui me surprend.

Evidemment les poésies de Clotilde de Surville ne sont pas
nées d'elles-mêmes, ne sont pas le produit d'une génération
spontanée, ne sont pas une *proles sine matre creatam*. Or
comme elles ne peuvent avoir pour auteur (et je l'ai surabon-
damment démontré) ni le marquis de Surville, ni le marquis
de Brazais, ni Mme de Polier, ni Vanderbourg, il faut que quel-
qu'un les ait écrites. Quel pourrait être ce personnage mysté-
rieux réunissant en lui tant de merveilleuses qualités, senti-
ment, science, connaissances diverses, élans patriotiques,
perfection et variété dans la forme?

En dehors de ces quatre hypothèses, que j'ai établies pour les
réfuter et les renverser, je ne vois rien que des jeux d'esprit ou
des paradoxes, surtout si l'on veut bien faire attention à ma
conclusion que ces œuvres ne nous sont pas parvenues dans

(*) J'ai été convaincu, en effet, que Vanderbourg n'avait été pour rien dans
la fabrication du pastiche. M. Macé l'a établi irréfutablement et c'est sur ce
point que je le félicitais sans réserve.

leur rédaction primitive, et que, dans l'état où nous les possédons, *elles ne sont qu'un excellent tableau original retouché par des mains habiles.*

Veuillez relire mon travail, et je ne désespère pas de vous voir arriver aux mêmes conclusions qu'ont adoptées déjà de nombreuses critiques. Si vous persistez toutefois, ce qui m'étonnerait, à ne pas vous y rendre, je serai très curieux de savoir ce que vous mettrez à la place, et je n'ai aucun droit, loin de là, à vous empêcher d'exprimer ou d'exposer de nouvelles hypothèses. Seulement, je vous demanderai, et c'est de bonne guerre, deux choses : la première de traiter sérieusement une question sérieuse, la seconde de m'ouvrir, pour vous répondre, les colonnes mêmes du Journal ou de la Revue où vous m'aurez combattu. — Je n'ai jamais reculé devant une polémique loyale et sérieuse; elle est le seul moyen de propager ce que l'on croit vrai, et, précisément à cause de cela, j'aime mieux être attaqué que passé sous silence.

Veuillez, quoiqu'il arrive, me croire, Monsieur, votre bien dévoué,

A. MACÉ.

Depuis le livre de M. Macé, il a paru, sans parler de l'article de M. Levallois et de ma brochure, bien des pages sur le débat relatif à Clotilde de Surville.

M. Lock, dans la *Cloche,* et M. Delepierre, dans ses *Supercheries littéraires,* ont endossé de confiance et sans examen personnel l'opinion de M. Macé.

M. Henri Vaschalde[1], après avoir de même analysé et adopté les arguments de M. Macé, prétend avoir trouvé la preuve que Clotilde a réellement vécu et

---

[1] Clotilde de Surville et ses poésies, documents inédits. Valence, 1873.

écrit ses vers à Vesseaux. Cette preuve est plus que fragile. Il est question dans les vers de Clotilde, d'un *pré,* d'un *bois,* d'un *moulin* et d'une *fontaine.* Or, dans un terrier du XV⁰ siècle de Vesseaux, compulsé par M. Vaschalde, il est question également d'une *fontaine,* d'un *moulin,* d'un *bois* et d'un *pré!!! Ergò gluc,* comme dirait Rabelais.

De documents publiés par M. Eugène Villedieu et par M. A. Mazon, dans le *Journal de l'Ardèche,* il résulte la fixation d'un point que j'ai contesté et que je suis forcé d'abandonner en partie, c'est qu'en 1428, Bérenger de Surville, du diocèse de Nîmes, épousa *Marguerite Chalis (sic),* fille d'un bourgeois de Privas, veuve de Raymond de Bosco de Barrès, laquelle possédait des bois à Vesseaux. Le personnage de Clotilde n'est donc pas entièrement supposé[1]; mais là s'arrête la découverte, qui ne fait pas faire un pas de plus à la question.

M. Gaston Paris (Revue critique du 1ᵉʳ mars 1873), avec sa science approfondie et sa grande autorité a démoli pièce à pièce le pieux monument de M. Macé, de façon à ne pas laisser debout un seul de ses arguments.

Enfin M. Anatole Loquin, de l'Académie de Bordeaux[2], est arrivé au même résultat en examinant et au réfutant tous les ouvrages écrits en faveur de Clotilde. Il a mis beaucoup de savoir et de logique

---

[1] Il importe donc de rectifier et d'atténuer ce qu'avaient de trop affirmatif la page 8 et la note qui s'y rapporte.

[2] Les Poésies de Clotilde de Surville, Bordeaux 1873.

dans son travail, qui ne compte pas moins de
244 pages in-octavo.

Je suis très heureux et très fier de me rencontrer
presque de tous points avec ces deux écrivains, et je
me serais modestement abstenu d'écrire cette réfutation, si je n'avais pris les devants depuis longtemps ;
je n'ai, au reste, voulu ni ajouter ni retrancher
un iota à ces lignes, qui eussent gagné en force et
en preuves nouvelles ce qu'elles y eussent perdu de
leur spontanéité sincère.

Chalon-sur-Saône, Juillet 1873.

Chalon-s-Saône, impr. L. LANDA.